Als Burga noch in Ahrensburg lebte

Als Burga noch in Ahrensburg lebte

Erzählung von Ute Dahlke

Bilder von den Schülern der Kl. 3/4

der Fritz-Reuter-Schule, Ahrensburg

Thomas Backes
Kundo Franz
Stefan Großewski
Tanja Großewski
Heiko Hammes
Heiko Krenz
Mareike Krüger
Sven Mainka
Helga Müller
Oezguel Serbest
Annette Suer
Nicole Wank

In alter Zeit lag im Forst Hagen die Wasserburg Arnesfelde. Sie war schon lange verlassen, und in ihren zerfallenen Mauern lebten Eulen und Fledermäuse.

Das sumpfige Tal des Hopfenbaches hielt die Menschen ab, die Burgruine zu betreten. So konnte Burga hier ungestört leben. Am Tage hielt sich das Gespenst in den Gemäuern auf. Nachts saß es in der knorrigen Eiche am Burggraben und schaute auf das Wasser, worin sich Mond und Sterne spiegelten.

Wie alle Gespenster liebte Burga Orte, die still, dunkel und geheimnisvoll sind.

Eines Morgens rumpelten Pferdewagen über die Landstraße, die vom Dorf Woldenhorn zum Forst Hagen führte. Die Bauern brachten ihre Fuhrwerke vor der Ruine zum Stehen. Mit Hacken betraten die Männer die Burg und begannen, die alten Mauern einzureißen. Die schweren Steine wurden mühselig auf die Wagen gerollt. Die beladenen Fuhrwerke verschwanden wieder im Wald.

Burga flüchtete in die umstehenden Bäume. Mit Schrecken sah das Gespenst, wie die Burg abgetragen wurde. Was geschieht mit meinen Steinen, dachte es. Ich möchte bei ihnen bleiben! Entschlossen sprang Burga auf einen Wagen und fuhr mit.

Weil Gespenster unsichtbar sind, wurde Burga von niemandem bemerkt.

Nicht weit vom Dorf Woldenhorn luden die Bauern ihre Wagen ab. Burga schwang sich in einen Baum und schaute sich um. Hier lagen alle Steine seiner alten Burgwohnung. Was sollte mit ihnen geschehen?

Die Bauern kamen jeden Tag und füllten mit den Burgsteinen das sumpfige Auetal auf, ein fester Platz wurde geschaffen. Dann mauerten sie ein Fundament und setzten Wände aus Backsteinen darauf. Ein großes Schloß entstand mit Türmen, Gräben und Brücken. Ahrensburg war sein Name, es gehörte dem Herrn Peter Rantzau.

Weil die alten Steine nun hier waren und auch die Wassergräben an Arnesfelde erinnerten, zog Burga oben in ein Turmzimmer ein. Aus dem Burggespenst wurde ein Schloßgespenst.

Burga verließ das Turmzimmer, um Woldenhorn kennenzulernen. Das Dorf machte einen traurigen Eindruck. Viele Reetdächer hatten Löcher und mußten ausgebessert werden.

Den Heimweg nahm Burga über die Landstraße. Da stand etwas versteckt ein Fuhrwerk. „Worauf wartest du?“ sprach Burga den Mann auf dem Wagen an. Der Bauer fuhr erschrocken hoch. „Wer spricht mit mir?“ fragte er zurück. „Ich bin es, das Schloßgespenst", beruhigte ihn Burga. „Du kannst mich hören, aber nicht sehen.“

„Gott sei Dank, niemand, den ich fürchten muß", sagte der Bauer erleichtert. „Ich soll eine Fuhre Holz zum Schloß bringen, aber ich tue es nicht. Ich warte darauf, für einen fremden Herrn heimlich einen Weg fahren zu können.“

„Brauchst du Geld?“ fragte Burga. „Ja, ganz dringend“, seufzte der Bauer. „Meine Frau ist schon lange krank. Ich muß Medizin kaufen, sonst wird sie nicht gesund.“ Burga ging nachdenklich davon.

Auf einem Ausflug entlang der Aue sah Burga eines Tages, wie eine Truppe Soldaten auf das Dorf Bünningstedt zurückte. Zur gleichen Zeit liefen Bauern und Knechte aus ihren Häusern davon.

Vor einem Acker machten die Soldaten halt. Mehrere Bauern steckten dort ein Feld ab. Graf Detlef Rantzau schaute hoch zu Roß der Arbeit zu. Ein Bauer schimpfte vor sich hin. Burga hörte, daß der Schloßherr diese Koppel zu seinem Hofland erklärt hatte, obwohl hier doch immer das Korn für die Knechte angebaut wurde.

Am nächsten Tag waren alle geflüchteten Bauern auf dem Schloßhof versammelt. Graf Rantzau sprach über die Männer Gericht. Sie wurden zwei Wochen bei Wasser und Brot in den feuchten Keller des Schlosses eingesperrt.

Das Gespenst fand an diesem Abend keine Ruhe. Es wanderte um den Schloßgraben und versuchte zu verstehen, warum der Graf so hartherzig und ungerecht war.

Die Einwohner von Woldenhorn und Burga atmeten auf, als Graf Rantzau Schloß Ahrensburg und seinen ganzen Besitz verkaufte.

Der neue Schloßherr Heinrich Carl Schimmelmann war Woldenhorn wohlgesonnen. Er ließ die alten Bauernkaten abreißen und neue Häuser bauen. In der Mitte des Ortes entstand eine Allee, gesäumt von vielen Linden und sechs Teichen, mit Seerosen bepflanzt.

Nun hielt sich Burga wieder gern im Dorf auf. Wenn sich bei Vollmond die Seerosen nachts nicht ganz schlossen, setzte sich das Gespenst an einen der Teiche und schaute auf die weißen Blüten. Ringsum war es still und anheimelnd. Burga fühlte sich so wohl wie am Burggraben im Forst Hagen.

Vom Turmzimmer aus schaute Burga auf das schöne Dorf. Zur anderen Seite blickte das Gespenst auf die neue Poststation, die am Weinberg von Graf Schimmelmann eingerichtet wurde. Zweimal in der Woche hielt jetzt die Postkutsche auf dem Weg von Hamburg nach Kiel in Woldenhorn. Auf der Auebrücke blies der Postillion in das Horn, um seine Ankunft zu melden.

Burga flog manchmal zur Poststation und schaute dem Aus- und Einsteigen der Reisenden zu. Einmal setzte sich das Gespenst auf den Kutschbock und trieb leise das Pferd an. Die Postpferde setzten sich brav in Bewegung und wären gewiß weitergetrabt, hätte der Postillion nicht laut "brrr" gerufen.

Burga lachte und flog davon. "Das haben meine Pferde ja noch nie getan!" wunderte sich der Postillion und hatte den Eindruck, daß jemand kichern würde.

Die zweiklassige Schule am Marktplatz war für die vielen Kinder längst zu klein geworden. Zwar waren im Sommer die Klassen nicht so voll, weil viele Schüler als Hirten und Kindermädchen auf den umliegenden Dörfern arbeiteten. Doch im Winter kamen fast alle Kinder zur Schule. Graf Carl Schimmelmann ließ ein neues Schulhaus nahe dem Schloß bauen.

Burga drängte sich oft mit in einen Klassenraum und hörte dem Unterricht zu. In einer Rechenstunde zupfte das Gespenst Lena an den Zöpfen. Lena tippte ihre Nachbarin an und sagte: "Laß das, Anne!" Anne stieß mit dem Ellenbogen zurück und wurde böse: "Ich habe nichts gemacht! Immer gibst du mir die Schuld!"

Der Lehrer wurde aufmerksam. "Kinder, müßt ihr euch denn immer streiten?" mahnte er. "Ihr werdet heute nachmittag gemeinsam im Schulgarten arbeiten, damit ihr lernt, miteinander auszukommen!" Burga war am Nachmittag auch im Schulgarten.

Wenn am Freitag gegen Abend die Bauern im Stall die Tiere versorgten, gingen dunkel gekleidete Männer mit ihren Kindern durch das Dorf. Sie trafen sich in einer alten Kate, dem Gotteshaus der Juden, zum Gebet. Mit Einbruch der Dämmerung begann für die Juden der Sabbat, der Tag des Herrn, der am Abend des nächsten Tages endete.

Am Samstag stand Burga häufig vor der alten Kate und schaute durch ein Fenster dem jüdischen Gottesdienst zu. Die Gemeinde sang, wenn der Vorbeter die Heilige Schrift aus der Lade nahm und auf das Lesepult legte. Mehrere Männer lasen aus der dicken Schriftrolle vor, und die Frommen küßten sie. Dann wurde die Heilige Schrift wieder in der Lade verschlossen.

Burga dachte an den Gottesdienst in der Schloßkirche. Dort las der Pastor aus der Bibel vor. Christen und Juden hörten Gottes Wort, aber die Juden sprachen nicht von Jesus Christus.

An einem Sommertag machten sich viele Menschen auf zur neuen Bahnstation, die außerhalb von Woldenhorn lag. Zu Fuß oder mit Pferd und Wagen kamen die Leute von weit her, um die Eisenbahn auf ihrer ersten Fahrt von Hamburg nach Lübeck zu sehen. Wer auf dem Bahnsteig keinen Platz mehr fand, stellte sich entlang der Schienen.

Auch Burga wartete am Bahnhof. Als sich die Lokomotive unter Schnaufen und Pusten wieder in Bewegung setzte, sprang das Gespenst auf den Kohlenwagen und fuhr ein Stück mit. Die Damen unterwegs winkten mit dem Taschentuch, die Herren lüfteten den Hut, und die Bauern auf den Feldern schüttelten den Kopf.

Die neue Bahnstation erhielt den Namen des Schlosses, und bald wurde der Ort Woldenhorn ebenfalls Ahrensburg genannt.

Mehr und mehr Menschen lebten in Ahrensburg. Neue Straßen und Häuser wurden gebaut. Die alten Straßen waren zu eng geworden für den Verkehr. Die Stadt änderte sich rasch.

Verzweifelt sah Burga zu, wie zu beiden Seiten der Großen Straße die Bäume abgeschlagen und die Teiche trockengelegt wurden. Auch die Linden an der Manhagener Allee, die Graf Schimmelmann so geliebt hatte, wurden gefällt. Der gemütliche Ratskeller brannte aus, das Speicherhaus des Getreidehändlers Lehmann wurde abgerissen. Viele alte Häuser verschwanden.

Burga fühlte sich nicht mehr wohl in Ahrensburg. Die Stadt war laut, es gab keine verträumten Winkel mehr. Eines Tages verschwand das Gespenst an einen stilleren Ort, es war sehr traurig.

In letzter Zeit wurden in Ahrensburg viele Bäume angepflanzt. Manche Straßen erhielten wieder Kopfsteinpflaster. Das Schloß bekam einen neuen Anstrich. Sogar der innere Schloßgraben, vor langer Zeit zugeschüttet, wurde wieder ausgehoben und mit Wasser gefüllt.

Burga muß die Stadt beobachtet haben und sich wieder hier in der Nähe aufhalten. Wer am Abend aufmerksam durch die Hagener Allee wandert, kann manchmal einen Windhauch verspüren und ein leises Lachen hören. Das kann nur Burga sein!

Die Deutsche Bibliothek - CIP-Einheitsaufnahme

Als Burga noch in Ahrensburg lebte : Erzählung / von Ute Dahlke. Bilder von den Schülern der Kl. 3/4 der Fritz-Reuter-Schule, Ahrensburg Thomas Backes ... - Ammersbek bei Hamburg : Verl. an der Lottbek Jensen 1992
ISBN 3-926987-82-0

Ammersbek bei Hamburg
ISBN 3-926987-82-0
Druck: Buchdruckerei Loibl, Neuburg/Donau
Umschlagentwurf: Ute Dahlke
Satz: Verlag an der Lottbek

Wir danken der Kulturstiftung Stormarn für die finanzielle Förderung dieses Buches.